中国艺术研究院
美术研究所
2003年
中国画家提名展

作品集
文献

人物卷

主　编　龙　瑞
执行主编　郑　工

文化艺术出版社

中国艺术研究院美术研究所
2003 年中国画家提名展
作品文献集

编辑委员会主任	龙 瑞		
编辑委员会副主任	陈绶祥	王 镛	张晓凌
	黄 颖	张 炎	
编辑委员会委员	王 镛	牛克诚	龙 瑞
（以姓氏笔划为序）	陈 醉	陈绶祥	张晓凌
	张 炎	吴英华	郎绍君
	郑 工	梁 江	黄 颖
	满维起	翟 墨	
主　　编	龙 瑞		
执行主编	郑 工		
责任编辑	范贻光		
执行编辑	吴英华	李中华	卜登科
	郭云龙		
展览策划	郑 工	满维起	吴英华
	任 涛	张 炎	

目　录

序言一
龙 瑞

中国美术经历了百年变革之后，一代大师相继谢世。如何建设中国的当代美术，就成为生活在21世纪的中国美术家，尤其是中国画家的一个迫在眉睫的任务，也成为中国艺术研究院美术研究所在新世纪的一个重要理论关注点。

21世纪是怎样的一个世纪？人们的创新意识极度活跃，画家的创作个性也日益显著，信息发达，人的时空感也随之变化，文化的交流与对话多了，少了很多障碍，避免了许多观念上的冲突，同样也容易平复诸多激情，淡化道义与责任。自由和逍遥，是一个艺术家所追寻的理想的创作状态，但在现代社会流行文化的不断冲击下，又极易被推向世俗的平淡和无聊的游戏。中国画家越来越多，中国画的制作也越来越普及，不仅专业画家成倍增长，非专业的画家也成百倍地增长，各种展览艺事不断。摹写的多了，复制的多了，"数量"无限地膨胀，充斥着中国画坛，呈现出令人忧虑的饱和状态。不知这是否也是一种泡沫现象？在五光十色的幻影中，究竟有多少值得肯定？我们的提名展的意图不在于制造一个事件，而在于力图打破眼前这种饱和状态，从中肯定一点，触动其他，不仅对美术作品提出"质"的度量问题，更在于对"创新"的发问。江泽民同志说："创新是一个民族进步的灵魂，是一个国家兴旺发达的不竭动力"，同样，创新也是文化不断发展的推动力。

只要一种文化持续地发展，传统和创新就会是一个常常被念叨的话题。就概念而言，传统和创新并不是对立的矛盾双方，或者说，这不是新旧替代问题，而是传统如何发展的问题。发展，是传统在不同历史时期不断生发与展开，既有前期文化的基本脉络，又包含新的文化因素，能够在自身文化内部完成结构性的调整，适应新的文化要求，形成当下的先进文化，即与时俱进。文化，就是一个"变数"，世界上没有凝固的静止不变的文化现象，也不会出现一个没有来源的文化。五千年中华文化的发展，三千年中国绘画所形成的基本程式，就在不变中求变。传统的中国画经历了20世纪激烈的文化批判之后，又以包容的开放的势态广泛而深入地展开，进入21世纪。21世纪中国整体文化氛围显得相对宽容与平和，画家的创作理念和创作个性也获得相当大的扩展空间，自由定位，自主选择。然而，社会公众的阅读，理论话语的介入与评判，都成为种种检测的手段，成为新样式新风格"通行"的渠道和关口。失范后的重新规范，迫使画家们回顾经典，重提传统；背弃儒学之后的重新寻找，让画家再度发现人格精神与绘画创作之间的关系，重新咀嚼"绘事后素"的哲理内涵，从而进入质性的思考。对质的追问，必然重新检索与清理、回避规范外的标新立异，在一个既定的规则内提升品位，是一个文化精品工程的开展。

"2003年中国画家提名展"所坚守的概念，就是"中国画"；所坚持的原则，就是"提名"邀请。我们的学术着眼点在于国内的中国画名家，那些富有创作个性的画家，那些勇于探索、善于开拓的画家。这次参展画家基本上属于中青年一代，年事均不高，却在绘事上颇有建树，勤于思考，注重自身的学术涵养，在建设现代的中国画学体系过程中，在那些不断问世的作品中，我们都可以看到他们不懈的努力。

关注现实，注重批评，理论与艺术创作实践相联系，是美术研究所长期以来形成的一个优良学术传统。中国艺术研究院美术研究所的理论工作中心，就是建设当代中国美术，强调理论工作的对象性，坚持民族文化立场，贯彻执行"百花齐放，推陈出新"的文艺方针和政策，推动中国美术的繁荣与发展。

2003年是美术研究所建所50周年，为此，美术研究所将组织一系列展览活动，主题词就是：新纪元、新坐标。"2003年中国画家提名展"是今年中国艺术研究院美术研究所主办的第一个展览，力图集中展示新时代富有创新意识和民族意识的画家的作品，同时增强理论批评的品质，为新时代开创一个新美术的新纪元。

序言二 在问题中
张晓凌

有的批评家感叹，由于观念艺术、新媒体艺术这些"显学"的冲击，中国画在当代文化中的位置越来越边缘化了。对此说法，在有几分同感的同时，却也有几分不以为然。一个明显的事实是，当1%的人跟着"新艺术"赶时髦的时候，99%的人还步履蹒跚地在水墨韵味中一唱三叹。这就是中国当代文化语境的特殊性。我向来以为，这种特殊性不是二三批评家鼓吹的"全球化"所能取代的。就眼下的情况而言，中国画非但不曾边缘化，反倒是一派红火景象，单就展览、讨论会之数量一项，就令"新艺术"望其项背。

然而，这种繁荣有些令人隐隐不安，因为艺术的繁荣从来都不是靠数量来保证的。若干年后，我们的后代或许会惊奇地问：你们就用市场机器生产出的垃圾造就了繁荣？然后，他们会嘲弄地赞叹：这真是一个奇迹。

我们将无言以对。

让我们回到学术层面上来反思中国画的现状吧！这也许就是"2003年中国画家提名展"举办的初衷。"为新时代中国画确立新的学术坐标"虽悬鹄过高，甚至有点狂妄的意味，但其中的文化针对性还是可以理解的。

以学术性思考来办展，以学术性思考促进创作，是美研所50年来持之一贯的传统。建所伊始，黄宾虹、王朝闻、丰子恺诸师即确立了学术与艺术不分家的圭臬。黄宾虹首先是史学、理论大师，然后才是艺术大师。没有学识的储养丰颐，很难有"浑厚华滋"之艺术境界。现在研究黄宾虹的学者均感其学理绵密，器量深阔，越嚼越有嚼头。20世纪80年代，美研所之所以引领美术创作之风骚数年，靠的也是学术思考，以及由此构建出的文化批判精神。

那么，学术思考的根本是什么？窃以为，是追问，也就是把艺术创作时刻放在问题状态之中。在一个没有终极答案的年代，没有比追问更为珍贵的学术品质了。

在问题状态中，艺术家思考的天性才能被激活。

追问，迫使艺术家的创作进入智慧状态、研究状态和修行状态，也使笔墨的演进有了思想的依据。

艺术家在问题状态中的直接好处就是可以避免过早地患上"老年痴呆症"和"文化遗忘症"。

一部艺术史，完全可以被理解为艺术问题史。没有问题的艺术史只能是伪艺术史。

当代中国画创作问题之多，恐怕超越了历史上的任何时期。对此，有三种态度。第一种态度，为世俗功利所羁，对问题充耳不闻，佯作不知；第二种态度，浑浑噩噩，"无知者无畏"；第三种态度，愤极而骂娘，未果而沉默。

我们不妨再建立一种态度——发现问题，研究问题，努力解决问题的态度。问题很多，只拈一二说之。现在的很多画家为市场画，为老板画，为官僚画，为人情画，为展览画，就是不把艺术作为一种信仰来画。久而久之，画面精神萎靡，气象全无，徒剩形式的空壳。而艺术的根本是什么？是精神之寓所，信仰之所在。画家的修为问题谈了许多年，不仅不见成效，而且有进一步退化的迹象。一些画家的眼睛整日聚焦于吴昌硕、齐白石、黄宾虹的笔墨，却对笔墨背后的人文背景视而不见——这种奇怪的景象持续了许多年，似乎还要持续下去……

但愿"2003年中国画家提名展"成为我们进入问题的一个新的开始。

我问故我在。

谁在述说

——对当代中国画人物创作现状的反诉

郑 工

1. 主体 "间性"

谁？一个主体的呈现，以形象的方式，展露在我们的生活和画面中。社会主义中国美术的主体形象，就是工农兵。形象的创作，在现代造型语汇中称之为"塑造"，其所寓示的言说主体，是创作者却非表现对象，是作者以他者的身份表现自身，让形象说话。不过，艺术理论并不作如此规定。理论的规定是"真实的表达"，对象就是对象，表现主体和对象主体不能等同。创作主体只能深入"生活"，贴近对象，通过理解与体会把握对象的"本质"，从而揭示"真实"的存在。社会主义现实主义的创作方法，就是以劳动者为表现对象，以对象化的人为表现主体，创造艺术的典型。对象主体登台，而创作主体隐遁了。

典型性的形象与真实性的形象并非同一概念。真实是再现，典型是塑造，问题是对象往往不能真实地自我再现，往往依靠他者的言说而再现。那么，通过他者的再现是否远离真实而接近塑造？塑造不真实么？不，塑造也可以是真实的，但这种真实性是什么？内在的真实？一种本真的存在？对于操纵具体形象的画家而言，这种哲学的追问似乎没有意义，因为艺术不在乎普遍意义上的真实，而在乎现实的个体存在，并且是以特殊的语言方式表述的形象。在这种塑造过程中，语言的力量显露出来了，创作主体凭借形象登台了，而对象主体却成了言说的载体。上述二者的转换，无非是主体不同的实现方式，即人的对象化，或对象化了的人。

主体的真正实现，是创作个性极度张扬的结果，与个体化的艺术语言密切相关。新时期以来，人道主义的关怀，在中国画人物创作中不仅扩大了题材的表现范围，而且强化了个体语言存在的意义。1987年11月，刘文西在"全国中国画艺术讨论会"上，提出"走自己的路"，发挥画种自身的优势，发挥自己性格爱好的优势，发挥自己生活环境的优势，发挥中国画笔墨技巧的优势[1]。所谓优势，就是在自己所拥有的一个点上深化，藉此超越前人，超越自己。个性优势，在于自我发现；环境优势，在于自我度量；笔墨优势，在于自我提升。一切都归结到自我，自我成为艺术创作的出发点。人物画不再停留于主题性的创作，不再是命题创作，不再审时度势，而是专注自我，塑造自我，以我的性格、我的体会、我的生活、我的笔墨，构筑我的艺术形象。但人物画创作与山水画、花鸟画还不一样。后者可以山水或花鸟作为某种喻体，将人隐藏在背后，主体性的语言完全借助他者直接言说，山水、花鸟只是语言的载体，不具备言说者的主体身分。人物画创作却插入一个画面人物形象，可依据自身独到的身分发言，构成与创作主体的双重言说。在这种言说关系中，主体处于"主体间性"（inter-subjectivity）中的存在，主体的"我"既可指称他者，又可被他者所指称，成为"宾格之我的意识"（me-consciousness）。人物画的创作主体必然受到"宾格之我"和"间性"意识的深层影响。过去的艺术理论认为，若创作者站在题材的角度，他只能淡化自身的个性，突出对象的表现主题；若作者站在风格的角度，他便会淡化题材，淡化主题，而强调自身的言说方式与表现样式。现在，"主体间性"理论疏通了主体间相互确认的关系，以相互进入相互塑造的方式，消解了原先偏狭的主体角色意识，并已构成当代中国人物画创作的学术现实。在这一方面，最先取得突破的是人体绘画领域，且多基于课堂作业，由于对象主体的"模特"身分意识极易被创作主体抹平，创作主体单向性地覆盖对象主体，强行入侵，作品的风格化特征骤然显露。随后，题材范围逐渐扩大，由世俗风情转向历史与宗教，甚而转向现实的国家政治题材，有关对象主体的意识又在创作主体的意识中复苏，双方开始对话，其结果便出现被揶揄、被调侃、被变形的主体形象，不提"典型"也不再有"典型"，"塑造"的正面意义没了，只存有单纯的造型技巧之意义，十分中性。譬如，张道兴的人物，形体的穿插与拼接，很单纯又很有韵味；而陕西的娃，成为刘文西的"娃"；蒙古骑手，成为刘大为的"骑手"；新疆姑娘，成为吴山明的"姑娘"；藏族汉子，成为任惠中的"汉子"；现代都市人群中，有冯远的"白领阶层"，也有张江舟的"平头青年"。

或许，在理论上抽象地谈主体的"人"的塑造和表现，很困难也很模糊，但在一个具体的人身上，或在一个具体的画面上，一个具体的形象上，却能真实地感受到这个"人"的存在——一种经验性的图式存在。有的画家说：不，我表现的不是自己，而是他人。比如王天胜，他喜欢画兵，喜欢走近士兵，因为他也是兵。他是在画他人还是画自己熟悉的生活，画自己切身的感受？陈子的《花语》，那对花季的眷念，完全是女性自身独有的体味与感怀。有的生活离自已很近，很亲切；有的生活离自己很远，很新奇。两者都能激发人的表现欲。即使对历史人物，或神话传说中的人物，依然会在人的想象中鲜活地涌现，成为画家笔下的人物。如王颖生的《大学》肖像系列。

人凭什么创立主体意识？塑造自己也塑造他人？就因为那游离不定的笔线牵引着人的思绪，在对象主体和表现主体之间寻找个人意识的成型方式，构成时下的述说文本。

2. 主流"缺席"

春秋之后，人物画就成为中国画坛的主流，时至大唐，已达鼎盛。宋元掠转，为山水所代，明清之际，一度"缺席"。中国人物画的再度兴起，并成为主流，是20世纪50年代的事，且一直延续至70年代末。这20年间，在徐悲鸿学院式的写实主义和苏联社会主义现实主义的交互影响下，中国画的人物创作不仅吸收了西画的明暗造型手法，而且在笔墨程式上摆脱了传统的束缚，勾勒、皴擦、斡染等技法，创造出适应新的表现对象的笔墨技法，形成新的表现样式。50年代初，中国画的改造运动，最先涉及人物画，从现实题材入手，从通俗的大众化的表达样式入手，尔后，碰撞文人水墨，这过程十分迅捷。当时的人物画改造与创新，除了徐悲鸿、蒋兆和等几位已成型的画家外，几乎都是青年人，都是那时代由美术学院培养的青年学子，如杨之光、黄冑、刘文西、林墉、周思聪等人。这一代人始终活跃在主题性人物画创作领域。80年代后，主题性的人物画创作依然是主流，也代有新人。可为什么人们谈论20世纪传统中国画的大师，只说吴昌硕、齐白石、黄宾虹、潘天寿，谈论他们在花鸟画、山水画方面的成就，人物画家却无一登席？只在谈论所谓"融合派大师"时，才说徐悲鸿、林风眠、张大千、李可染[2]。后者虽均涉猎人物画领域，亦有佳作，但被世人普遍认可的却在山水画或花鸟画方面的成就，如徐悲鸿的"马"，林风眠的"静物"或"风景"，张大千的青绿泼墨大山水及李家山水。在当前理论批评界，作为创作主流的人物画被迫"缺席"。

问题首先在于批评的标准。对中国画的价值评判，最基本的还是笔墨。所谓笔墨好，画就好。宋元之后，笔墨渐次独立，与表现对象远了，与创作主体近了，尤其精神方面，几乎融为一体，笔墨成为艺术家人格精神的象征。人自身的品性修养，不断涵养着笔墨，成为笔墨的文化内蕴，而画家不断操持笔墨，则成为一种特定的修行方式。在这一过程中，对象主体被最大限度地淡化，或成为喻体，或成为单纯的符码，以西方的理论术语而言，笔墨既是形式又是内容。山水与花鸟，很容易成为某种特定的意象，或成为单纯性的符号存在，如明末的董其昌和徐渭，便是如此对待。人物画的对象性很强，尤其是现实人物题材更难以对付，于是，释道人物或高士隐者等相对能够自由把握的题材得以流行，对象的社会现实身分隐去，凸显笔墨自由而逍遥的精神。绘画不再"成教化，助人伦，穷神变，测幽微，与六籍同功"[3]，人们不再期望"千古寂遥，披图可载"。20世纪中国的政治现实重新提醒绘画的社会教育功能，同时也带来了中国人物画现代变革的最大难题，即笔墨转换，如何处理对象主体与笔墨表现形式之间的关系。无论社会人事变迁，山还是山，水还是水，但现代人的形貌、习性和生活情景、场面道具的形态样式却发生很大变化。旧的笔墨程式无法表达，而且中国画的笔墨又有着很厚的文化沉积，摆脱不易，转换不易，新的笔墨又需要一定的积累，需要新文化的不断涵养。人物画的笔墨转换比之山水画和花鸟画显得更为沉重，也更为迫切。中国人物画的笔墨转型，自明末的曾鲸起，到徐悲鸿、蒋兆和止，也有300年的历史，却一直处于边缘状态，未入主流。只是20世纪50年代后，因提倡社会主义现实主义创作方法，传统笔墨的价值观遭到质疑，新的笔墨实验得以扶持，并借助现实题材的政治优势，迅速占据中国各大展览的主流位置。可笔墨呢？是否也因为现实境遇的改变而建立一种新的表现样式，具有新的价值评判，而不仅仅停留在政治的意义上？

是的，中国现代美术理论批评界一直跟踪着创作实践。如20世纪50年代对杨之光《一辈子第一回》（1955年）的肯定，60年代初对刘文西《祖孙四代》（1962年）的肯定，70年代末对周思聪《人民和总理》（1979年）的肯定，80年代初对王迎春、杨力舟《太行铁壁》（1984年）的肯定，1987年后对田黎明《阳光系列》、《游泳系列》的肯定，其中都蕴含着对笔墨创新的肯定因素，在笔墨的具体实践中寻找现代意义。在这过程中，我们可以看到写意的水墨语言不断趋向独立——价值独立。

艺术的现代问题，同样是人和语言的互在关系。海德格尔说，言说是人的本性[4]。人通过语言的规范性把握由之显露的东西，但显露的是否就是人的思想，或是其捉摸不定的感觉？绘画语言不是观念性的语言，而是具体的形象的存在，形象的述说，一片澄明的世界，感性经验占有第一位置。当人们追问"语言以何种方式作为语言产生"时，人思考语言自身的本性，人开始居留在语言中。人创造出语言，支配着语言，反而受到语言的支配，其本性被语言所遮蔽、所异化，结果完全不是初衷。由此，语言不再单纯是一种表达手段，而是人的一种存在方式。人思考着，存在于自身的言说中，言说即表现。人们会很认真地寻找那些被纯粹言说的东西，而不在偶然中拾取任何被言说的材料。言说的方式被强调甚至被改变了，个体的生存经验显露了，叙述材料和言说主题退隐，尤其是公众性的、社会性的"主流"话语开始退场。1989年第七届全国美术展览会上，获金奖的邢庆仁作品《玫瑰色的回忆》就是这么一个信号。评委们的眼光既集中在"独到的艺术语言和艺术感染力"上——即以笔墨关系（自由而得体）和笔墨精神（内在的旋律）为度量标准，又关注作品的现代意识和现代感问题。比如，"《玫瑰色的回忆》超出了以往历史题材在表现上的沉重感和过多的说明性，统以轻快而又不失分量的基调，既具象又抽象，既着力于形式又不为形式所束缚，有传统之韵而无传统之表痕，取西方艺术之体又不失自我之质。"[5]解构传统笔墨话语方式，将兴趣转移到"另类"笔墨，由此感知单纯的方式所带来的精神愉悦，成为20世纪90年代以后青年一代普遍的选择。这些年轻人开始放弃对主题过多的形象诠释，进入主体深邃的心灵，以模糊的不甚清晰的内心语言读解形象，或使作品的人物形象的意义愈来愈隐晦，愈来愈扑朔迷离。

画家不再迷恋于制造深刻，是否就堕入平庸？不，陈钰铭在1996年创作的一批水墨人物画，如《天籁》、《圣湖》和《夜路》等，形式语言非常强烈，视觉感强，一反传统的"计白当黑"，将黑色以块状的方式打入画面，成为"色块"，构成空间的表达样式，同时造成黑白的强烈反差，将有限的笔墨表达推入灰色层，在中间玩味。这次提供的作品，依然如此。陈钰铭自言其注重内心感受，想回避技巧，但他的技巧已成为一种笔墨语言，成为他内心情感的言说方式，只是深沉的漠然的无意识的感受蔓延着，化为无端的思绪。作品的主题不是很明确，题材只是所画的东西，思想的退却让位于情绪，情绪呈现出一种氛围，显露某种意境，弥远的，意义也相当模糊。现代水墨实验，冲击了现实主义的创作原则，或曰形式语言与主题思想在表达点上构成悖逆的双方，相互消解。当人们强调作品的思想表达时，带来了语言的贫困；当人们调整人与语言的关系时，是否又带来思想的贫困？

思，成为一种诗，很感性的，相对于人物画创作主流中的理性因素，它不进入明晰的意识层面，直接为现实政治服务。当"政治第一，艺术第二"的批评标准被取消之后，主题性绘画依然在国家提倡的主旋律创作活动中占据主要地位，但为主流意识形态服务的政治性主题逐渐融入到生活化的日常主题中，制作的倾向亦日见显著，小品味、小意趣及画面局部的肌理效果被一再琢磨，日见精致。在这种状态下，所谓的力作，大题材、大主题、大场面、大制作，尤其是有思想深度的作品，千呼万唤，难得一见。

进入21世纪，中国画的人物创作是否面临着再次退潮？会不会再度"缺席"？

3. 主角"淡化"

20世纪90年代以后，画面人物的"角色"感普遍弱化，主角淡出。

人物主体角色的淡化意味着什么？即在画面的结构性意义框架中，画面人物的"角色性扮演"不再成为主导因素，叙事成分大大减弱，符号化的形式倾向和象征性的寓意特征被强化，人物形象的个体性特征被类型化特征所取代。人，回到人的意义自身，不再是具体的有血有肉的活灵活现的，是抽象的示意的被工具材料的物性和质感所遮蔽了的印迹，平面化的人，被意义支解的人，被形式役使的人。

现代人的角色感在现实生活中十分强烈。面具和身分，仪表、言谈，场面上的人物，事件中的人物，各种关系中的人物，应酬、仪式性语言、内心独白以至沉默，一切都是表情，思想隐藏在表情背后。外显的表情符号，在形象的叙事中，表情与性格相互依赖的相似性，裂变为某种文本范式，诸如类比、喻指与换称，使表情在画面上成为人物存在的唯一理由，甚至成为人物组合的方法与技巧。人物画历来注重表情，第一为眼，第二为唇，第三为手，现在绘画的表情区扩展到人物全身，充满每一处细节，包括动作表情，取消了表情等级，使任何一处表情活动都成为某种言说。

社会人物的言说一般都可纳为身分发言，但人的表情几乎是共通的，过分注重表情本身，极易忽略性格，又易于抹平人的身分，使角色成为一种标签，或形象叙述中的一个道具。工人、农民、士兵、教师、科研人员，彝族、藏民、维吾尔人，主席、书记、委员长、人民代表等等，角色标明一种社会结构，也标明结构秩序。角色话语实质上就是社会话语，涉及政治、伦理、道德与宗教。艺术对角色的复写，必然指涉道德真理与社会秩序。如果艺术话语只是复制或摹仿事物的既定秩序或现成秩序，或在某种社会政治理念的驱动下，虚构某种理想的秩序，艺术家对现实生活都不可能保持着超然的态度。角色的淡化，使艺术家开始远离原本，不再过分看重形象的社会功能，而计量着形象话语的言说能力。角色，是一个类概念，确认人物角色，转而成为绘画语言中的命名方式，指称某一实体，创作思想因此而获得支撑点，使波动的知觉和朦胧的情绪具体化。命名，是主体在审视对象的过程中一段抽象性思维，不同的人，其注意力和分辨力在同一对象上往往集中到两个完全不同的性质上。对象的名称，没有权力要求成为对象的本质，角色，也不是对象本质性的表达。在一个具体情境中，角色也经不起逻辑分析，它只是感受的片断和经验时刻的逗留。

　　角色，是关于一个具体的社会人的概念。角色淡化，是否就由具体的名称概念上升到更广泛更抽象的概念上，向纯粹的"共相"集结？如由张三、李四，转向职业人，转向男人、女人、老人、小孩，最终转向人这一最为一般的概念。肖像，历来是最具体的角色画面，但中国人的肖像，既隐含着世俗个体之相，又通向神秘的灵界。对神的崇敬，对生命无限的向往，轻易就超越于形相之上，并弃之如敝屣。当代人物画创作中角色的淡化，首先从肖像开始，开始模糊具体的形象特征，以所谓的概括、提炼甚至变形的手法，将肖像从现实的拉到艺术的边界。在一般的主题性创作中，历史人物的角色也被拉入想象的逻辑中推演，尽管它一再被强调与历史现实之间的联系，但它的"复写"饱含着作者特殊的审美经验。主体的审美意向愈强，对画面人物的角色复现干扰亦愈大。同时，角色的复现性愈弱，形式语言的自由度亦愈大。譬如周京新的《扬州八怪》（1989），还有施大畏的《归途西路军妇女团纪实》（1989），王赞的《出于幽谷 迁于乔木——蔡元培 林风眠》（1993），冯远的《秦嬴政称帝庆典图》（1994），莫不如此。人物形象中的精神性因素被解构，被还原到世俗的平面上，形成散落的、茫然的、欣悦的、悠闲自在的或困顿的、扭曲的、因痛苦而变异的种种表情，或许动作的幅度很大，但情绪起伏的幅度还是很小，内心的思绪返回，无深度无意义的写作，往往使角色坠入虚无，使图像获得张力。

　　唐勇力的《敦煌之梦》系列，叠和着现实的梦幻与宗教的幻想，一切都处理在类角色的概念中。如"母亲的祈祷"（1995）、"母亲与儿子"（1996）等。纪连彬的《雪域祥云》（2000）、《祥云》（2000）等画，描绘的是一个身影，藏族的，在广袤的自然中，融合着光色与种种心理幻象。他让生命在孤寂中体验自身，吸吮阳光。生命的情节没有了，在天人之间，在宏观和微观相互观照中，不存在什么角色，人的存在仅仅是指意性的符号，在无限多样的解释中，在人的世界中，只有"人的事物"，心存万象的人，心无旁骛的人。

　　情节的引退相伴随着角色的淡化一样让位于形式话语，最终让位于视觉潜意识。非情节性的主题绘画，不仅处理了现实生活题材，也照样处理历史题材。譬如蔡超的《吊装》（1991）、赵奇的《京张铁路——詹天佑和修筑它的人们》（1994）、李孝萱的《大轿车》（1995）等，只有情境而无情节，但三者之境又有三种处理方式。蔡超的画面在于"截取"瞬间，这瞬间本身没有故事；赵奇的画面在于"拼合"空间，单独的片断与单纯的空间构成；李孝萱的画面在于"扫描"时间，在时间的流程中点击形象。因此，抒情的咏叹，视觉的排序和心理的阅读，形成绘画情节性内容消隐的三段式。或许三者之间并没有什么必然的逻辑演进关系，但这个序列，与当代文化自我呈现的感知过程有关。从记忆的复写、浪漫的想象、形式秩序到潜意识的当下领会，在记忆和期望不断缺失的情况下，跳过情节的牵引，让在场的与不在场的，让感知的与非感知的同时出现，"瞬间有一种绵延，它使得眼睛闭合。"

1　刘文西：《走自己的路》，见《美术》1988年第2期。
2　郎绍君：《论现代中国美术》，南京：江苏美术出版社1996年3月第2版，第91—146页。
3　[唐]张彦远：《历代名画记》卷一，上海：上海古籍出版社（四库艺术丛书《古画品录·外二十一种》）1991年8月版，第279页。
4　[德]M·海德格尔：《诗·语言·思》，彭富春译，北京：文化艺术出版社1991年2月版，第165页。
5　李砚祖：《当代中国画展示备忘录》，见《美术》1989年第8期，第4—5页。

图 版

张道兴　1935年生 海军政治部创作室一级美术师

　　张道兴对于绘画艺术的热爱，从他的画上就可以一目了然。他的人物画，往往用极浓重的墨，极浓重的色，极潇洒的、时时出奇不意的用线，交融、穿插、重叠、对比、聚合、拓展、衬托、呼应，构成了丰富的绘画语言，设色的纯黑、大红、大绿、大紫，还有属于他的,大海与蓝天赋予他———一位海军画家的亮丽的蓝。这一切，明快热烈，编织出一幅热情洋溢、五彩斑斓的交响图画。与这种热情和丰富同时的，是他在人物造型和构图上的、娴熟的简洁与明晰，以及适度的艺术夸张与加工变形。由此，他的艺术呈现出了一种非常纯真、质朴而生动的意趣，另外，我们从张道兴的绘画中，还可以看到精彩的诗书印的集合，使他的作品有了传统文人画的意蕴，并使人感觉到一种含蓄的现代意识，像海底涌动的暗流，推动着他伴随时代艺术不断走向未来。

陈绶祥

　　在中国画创新中坚持不失笔法，正如戏改中坚持"不失耳音"一样的重要。如果说把京戏改的京腔、京味全无，吐字发声特点和表演程式全无，也就是耳音全无，京戏也就不存在了。如果说把中国画笔法、墨法等特有条件与味道去掉，也就是中国画的"耳音"全无，中国画也就不存在了。这是从戏改中得到的一点启发，以为自律。
　　古人不怕程式，而是发展创造着各样的笔法程式，以强化个性表现时代。程式化是法死，化程式是法活。我们今天应当着力研笔法，更应研笔法与形之间的关系。京戏的音乐与唱腔之间的关系有极似中国画的墨与线的关系之处。以京胡为主体的音乐，一方面辅助于演唱，另一方面却有自身的"自有我在"的表现方式。精彩的京胡演奏过门，会博得听众的掌声，杨宝忠操琴表现得尤为突出。这一特点不知西洋戏剧里有没有？中国画的线也正是既有塑造形的作用，又有独立于形之外的主体的"演奏"，其线的笔法有"过门"一样的意识。

张道兴

张道兴｜海的容颜
纸本
170 × 170 厘米
1998 年

张道兴 | 瑶寨悠悠
纸本
96 × 90 厘米
2003 年

张道兴 莲颂
纸本
96 × 90 厘米
2003 年

张道兴｜天茫茫地茫茫
纸本
96 × 90 厘米
2003 年

张道兴｜原野春风
纸本
68 × 136 厘米
2003 年

丁中一 1937年生 河南大学艺术学院美术系教授

　　文气、书卷与人生涵养、品性息息相关。在书画中，多以空灵、闲逸、简约、淡雅、超脱之词形容之。文人好之、为之，遂有文人书画一说。丁中一先生的画，整体趣味上倾向文人一路，但文人是不屑写实的，他又很能写实，写实的功夫还很不一般，且又受西法影响，渲染之处，凹凸见起。这种功夫全自写生得来，与20世纪50年代的美术学院教育有关。但他又很注意意象性的表现手法，转身回到历史人物，笔墨又灵动开启，脱开那种"习作"味。

　　丁中一先生的画，以简胜，但不空泛，空白处留得十分精妙，人物脸部突出，用色控制很紧，就是淡墨渲染，也十分精到。落笔一二，提醒精神，使画面清朗而有笔韵。　　　　　　　　　　　　　　　　郑　工

　　前闻一颇有成就的艺术设计家曾公开宣称以往的写实绘画已均非艺术矣！云云。此言若仅以现代设计论似系出个人爱好，故而有失偏颇，若论艺术似有过于浅薄之嫌。艺术的风格与手法仅系她之载体而非本源，若美术、音乐、戏剧等都不能以写实与否来判定高低真伪。如此，亦足显言者在艺术史上的无知与偏狭。

　　更有甚者，他们视写实绘画为无个性艺术，以为只有赶新潮才显个性而把个性张扬至超常层面。殊不知离开了共性的个性即为失常，是精神不健全者的表现。

　　对时下某些年轻艺评家文章似不能一律斥之为异端和天书。他们在"变换一种说法"之余自有它较为深奥与独立的视角。我意应冠之以"新文言语言文"之名，似非不可！？此指文体而言，而"深奥"的道理还得视其与现实和国情的关系不能以深奥掩其实。致不为大众所接受。　　　　　　　　　　　丁中一

丁中一│冬心先生
纸本
172 × 110 厘米
2002 年

丁中一｜长乐
纸本
68 × 68 厘米
2002 年

吴山明 1941 年生 中国美术学院中国画系教授

作为第二代新浙派突出代表的吴山明，探索出一种独特的"意笔"画法。在探索过程中，他吸收了现代艺术的形式本体意识，把"线"的形质视为风格的决定因素，在材料方法上突出宿墨渗化过程中"留"的特点，求得既润又涩、既有笔形又有自然滞痕的效果。吴氏是从黄宾虹宿墨山水一波三折的笔线得到启发，突破了第一代新浙派画家把写实造型与写意花鸟笔法结合起来的程式性画法，而自成一格。耐人寻味的是，这种新画法对画坛的影响，主要在山水画特别是浙江年轻一代的山水画方面。

吴山明面临的新挑战是，这种画法已使作品高度风格化。如何突破这种风格化的形式壁垒，给形象塑造与意义表达以更大的空间？

郎绍君

过去在人物画之中大量运用宿墨者尚不多，尤其是在主体笔墨中全数用宿墨者更少。要充分发挥宿墨之性能，并将其上升为一种有特色的绘画语言，必须有一个对宿墨在审美上深入剖析与反复实践的过程。其实打开宿墨的领域，会发现其除凝重外还有晶莹的一面，表现上也尚有许多有待进一步发掘的地方，如宿墨中的水法、淡宿墨、清宿墨、色宿墨、特殊的水渍美……等等都是前人涉足不多的，恰恰可在人物的塑造之中发挥其作用，因为其中的许多特性，进，可用以深入地刻划形与神；退，又能表现特殊韵味与韵律之美。它既使常见的传统笔墨因增添肌理之美而启开人物画的表现语言，又因以人物画为载体的运用而拓展了宿墨法的表现力。我喜用淡宿墨，取其晶莹之特性，并在水法上下功夫，以大水大墨表现大结大化，追求"帖"的灵动，"碑"之凝重，"结"中有"化"，"化"中留"结"的特殊艺术效果，并试图以此为起点逐步努力将风格推向极致。

吴山明

吴山明 | **岁月**
纸本
100 × 100 厘米
1996 年

吴山明 潘天寿像·一览
众山小
纸本
100 × 200 厘米
1996 年

吴山明｜古原
纸本
100 × 200 厘米
2002 年

吴山明 | 青稞地
纸本
95 × 111 厘米
2003 年

吴山明 | **牧牛汉子**
纸本
89 × 95 厘米
2003 年

陈　醉　1942年生　中国艺术研究院美术研究所研究员

　　人生如梦。梦是人生的一个环节，抑或一种境界。无论是迷恋学术，热衷追问，还是沉缅艺术，放纵情感，现实中的种种爱好与痴迷，总与内心深处的"结"相关。追梦，于是成了陈醉的《追问》，在学问文章之外，陈先生同时徜徉在形色水墨的世界里，而且同样痴迷于一个主题，即裸露的人体。

　　人为什么遮蔽自己？为什么害怕裸露？是文明的缘故？那么，艺术呢？便是对文明的解蔽？对这些问题，陈先生的《裸体艺术论》早已回答，并广被人知。但在艺术的表达上，陈先生却用十分感性的形式演说女性，体会自然的百般韵致。陈先生的书法底子很好，学过篆，行草书法善于取势，又有西画的造型能力，一旦操纵笔墨，便诸般调动，汇聚笔端。君不见，略见变异的形体，其线条的节律感强。古往今来，以一派天真简约，速写情怀。

郑　工

　　我只是让自己的苦恼自然流淌。像他与她一样，丑恶与圣洁，赤裸袒裎，不加掩饰。像至今难以解读的原始图形文字一样，这里未有答案。但有一腔思绪，奉予于人生道途中有过类似苦恼并能共鸣者。也许，艺术常常蕴涵着苦恼，苦恼也往往孕育着艺术。回顾这几年的画作，从《火山湖》《热的流》到《火祭》，都淡淡印着心的痕迹。爱与恨、欢乐与忧伤，既往的追思与未来的憧憬……我都祈望能将其中真情凝固在画面上。艺术，穷其极境，乃心灵之自由也！让感情自由宣泄吧！也许一时冷落，但即使眼前有闪光的捷径，也无意贪图。我依然属守自己的诺言：当回首已经过去的寂寞之途时，绝没有"如果"二字。

　　这，也可权作我对艺术的火祭！

陈　醉

陈　醉│**女娲传之二·作人**
纸本
43 × 55 厘米
1995 年

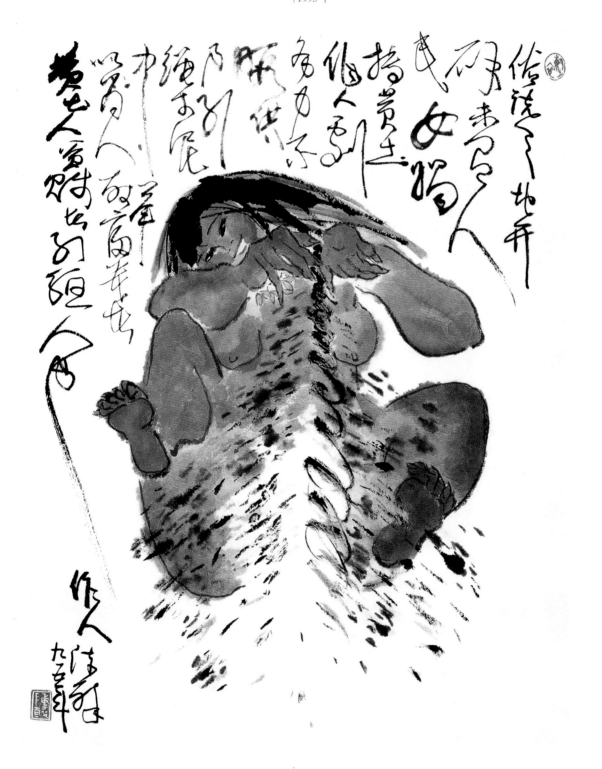

陈　醉│追梦
纸本
135 × 68 厘米
1998 年

陈　醉｜窗外何人唤阿娇
纸本
68 × 136 厘米
2000 年

陈　醉｜香飘恨是又一秋
纸本
68 × 136 厘米
2000 年

陈　醉｜寒食诗意
纸本
68 × 136 厘米
2000 年

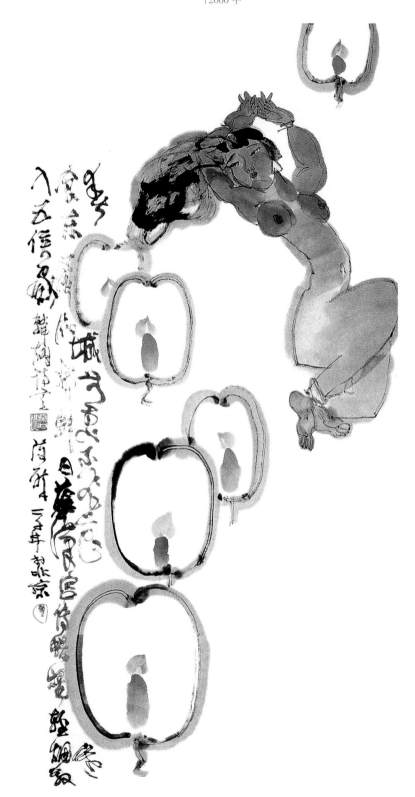

陈　醉｜一阵金风

纸本
68 × 136厘米
2000年

蔡　超　1944年生　江西省美术家协会主席、江西省书画院院长

　　笔墨当随时代，蔡超认识到中国画艺术的现代形态转变势在必然，投入当代生活去"感受"去"呼吸"，他重视生活实践，跨越一切流派、一切规矩与因袭，有力地反映现实的新的创造。他的画风构图新奇，笔的雄健与墨的酣畅，在一幅纸的四角到中心，变幻新颖，剪裁灵动，丰富繁复，也足以说明他真实地反映现实和融合自己思想的特性。

　　他的笔墨，并不在于追求一笔一画工整细致的形态，而在于他的气概与风神。如：遒劲向上，深沉博大，微妙含蓄，使树木、人物的表意内涵是那样引人入胜，而它的放纵与鲁莽不同，它有气势也与粗野不同。它在淋漓酣畅之中，仍然有一种静穆的气氛，从蕴蓄中发出光芒。　　　　　　　　　　　　　　　　　　　　卜登科

　　中国画艺术向新的现代形态转变乃势在必然，中国画发展需要自身现代化，更靠作者投入当代生活洪流中去感受和沉淀，激发时代对艺术的创造力。过去我们在运用传统中国画技法表现新生活，表现革命与建设，表现大好河山与乡土风情，表现人们翻身做主人的精神面貌取得了明显成果，积累不少经验，从而使中国画得到发展。面对当今时代，如何表现工业文明、科技文明、城市文明等对现代生活的影响，都为我们艺术家提出新的用武之地与创作源泉，我们应该紧紧把握住时代脉穴，做出自己的努力与贡献。　　　　　　　　　　　　　　　蔡　超

蔡　超 | 吊装
纸本
180 × 210 厘米
1991 年

蔡　超｜红云十里波千顷
纸本
100 × 70 厘米
1994 年

蔡　超│铁臂
纸本
180 × 210 厘米
1999 年

蔡　超｜蕉荫晨曲
纸本
120 × 160 厘米
2000 年

蔡　超｜饮马图
纸本
120 × 150 厘米
2000 年

刘大为　1945年生　中国美术家协会常务副主席

　　大为为大，当好官不误画好画。奉公，像他笔下负重的骆驼：宽厚从容、坚韧不拔。创作，如他画上奔驰的骏马：雅致清爽、俊逸潇洒。骆驼的品位、骏马的高格，撑起他人品画格的大厦。

　　大为专精，人物画堪称高水平。内蒙风光、新疆风物、西藏风情，组成西北边陲的壮丽风景。驼峰上的婚礼、马背上的高歌、阳光下的亲情，牵动着民族大家庭的神经。

　　油画的修养，奠定了他物象塑造的才能；工笔的历练，强化了他形象描绘的耐性；意笔的融入，拓展了他意象表现的从容。

　　以精致的工笔意笔，抒骠悍的壮志豪情，是大为风格的突出特征。　　　　　　　　　　　　翟　墨

　　对艺术形式的探索和试验属于艺术家个人的事情。艺术形式是多元化的，有它们自身存在和发展的空间。但我是现实主义画家，我的作品大多在反映民族生活、时代的发展。我觉得现实主义绘画在中国大有前途。人们的生活水平不断提高，现实主义的绘画作品也在与时俱进。前10年的现实主义作品和现在的现实主义作品完全不一样，不管是绘画题材，还是绘画语言，都在改变和完善。所以现实主义绘画在我国艺术领域中一直处于主流地位，薪火相传，蔚为大观。我认为，由于现实主义在反映社会生活，表述生存观念和体现时代精神上有其不可替代的优势。所以，它有着持续不断的艺术生命力。　　　　　　　　　　　　　　　　　刘大为

刘大为 | **龟兹古乐**
纸本
68 × 68 厘米
1994 年

刘大为 | **丰牧图**
纸本
68 × 68 厘米
1996 年

刘大为 | 藏北早春
纸本
68 × 68 厘米
1999 年

刘大为 | **草原高秋**
纸本
138 × 69 厘米
2003 年

刘大为 | 唐人马球图
纸本
246 × 124 厘米
2003 年

王天胜　1946年生　解放军艺术学院美术系教授

　　工笔画一门，近二十年间说得上是一派兴旺繁盛，而军旅画家王天胜则是其间的中坚人物之一。

　　画之一艺，天地十分宽广。一般说来，画家都会采用"掘一口深井"的方式，集中精力专注于某一门类某题材，一专多能已属难得。但，王天胜却能于人物、花卉、山水诸领域中游刃有余。二三十年前，他以一连串军旅题材的人物画引人注目。接着，他推出的工笔花鸟作品屡屡在全国性大展中获奖。而今，他不仅继续在山水人物花鸟各门类齐头并进，甚至在白描和写意人物方面也颇有收获。这样充沛的热情和积极进取的指向，不仅印证了他基本的人生态度，而且还是他一系列成功之作的精神内核。

　　王天胜着意的是舒展、明朗，是生机焕发，是繁花般的灿烂。他一再强调工笔画的突破口在于色彩，原因不言自明。

梁　　江

　　应该说我最喜欢的还是走近战士，这不仅因为我也是一个兵，而是因为在战士身上体现了一种无私奉献的精神。他们正直、纯朴、坦诚、刚毅。他们召之即来，来之能战，战之能胜。

　　作为一名军旅画家，注重以人物为主的军事题材的创作，弘扬主旋律是我们的责任。我一直主张军旅画家要把创作主题放在军事绘画上，要经常深入生活，生活是创作的惟一源泉，生活的积累是创作的财富。一个艺术家，只有经常深入到生活中去，去观察生活，去体验生活，去研究生活，去分析生活，才能进入艺术的积累，才能产生创作的灵感，才能创作出有深刻内涵的作品。

王天胜

王天胜 | **女青年**
绢本
78 × 156 厘米
2002 年

寫生女青年 中國工筆人物畫是世界藝術之林中的一枝奇葩已有幾千年的歷史古人
學習工筆從臨摹入手現代人學習工筆畫則寫生臨摹相結合寫生已成爲現代人進行工
筆畫學習創作的重要手段 壬午年夏日於京華西郊白石橋畔 天勝

王天胜 | 金芭蕉
纸本
170 × 236 厘米
2002 年

王天胜｜**玉树藏女**
绢本
78 × 156 厘米
2003 年

玉树藏女 青海玉树的藏女无论老幼都喜散梳许多小辫子头饰喜欢戴绿松石等饰物藏袍上绣满了民族特色的图景生活主要靠牧业和农业 壬午年书军藝美術系 天勝

王天胜|彝族姑娘
绢本
78 × 156 厘米
2003 年

彝族姑娘 中國工筆畫是以線造型施以固有色線和色構成中國傳統工筆畫的基本表現形式 中國工筆畫的精髓在於線條的表現線條是中國工筆畫的骨架靈魂 壬午季冬 天勝畫

唐勇力 1951年生 中央美术学院中国画系副主任

到过敦煌的人，想来都会留下永远难忘的记忆。这不仅因为古人在那里留下了精美的艺术，更重要的，恐怕还有岁月留下的斑驳，甚至还有环境恶劣的沧桑。这些，就是文化，就是精神。我想，唐勇力一定有更深的体会，否则，他不会这般一往情深。记得若干年前就见过他有关敦煌题材的作品，看得出，他的心情也如上个世纪初次进入敦煌的先辈们一样激动。现在，又见唐勇力的敦煌画作，而且手法更纯熟了。犹如这些标题一样，让人感受到了大唐盛世，领略到了隽永唐韵。画面饱满，皴染有致。有传统工笔的功底，又有现代观念趣味。除了人物形象的唐风外，色彩上淡淡的赭石、石绿和留白，还令人想到唐三彩，含蓄中又多了一层大唐的印记。深沉、执着，致力于内蕴挖掘是画家的特色。不知是否上苍早就安排好了这个缘分，否则为什么偏偏姓唐，又画唐，还勇于探索，不遗余力呢？

陈　醉

水墨画为什么叫写意，其原因是纸张、技法和工笔画不同，生宣纸是渗化的，毛笔落在纸上容不得你慢慢地一点点去制作，有很大程度的不可预知性，即兴性很强，注入情感直截了当。工笔画则不能，它的技法语言是有程序步骤的，但可以吸收水墨技法的特点，从技法上进行改造，创造出能即兴发挥的技法语言，使工笔画创作进入一个自由的新天地。"脱落法"与"虚染法"是我十几年来在工笔画技法方面探索出的一点成果，试图能较为自由运用写意性的绘画进行艺术创作，但愿我对工笔画的再认识能够给同行们一点启示，起抛砖引玉的作用。

唐勇力

唐勇力｜敦煌之梦·母
亲与儿子
绢本
88 × 88 厘米
1996年

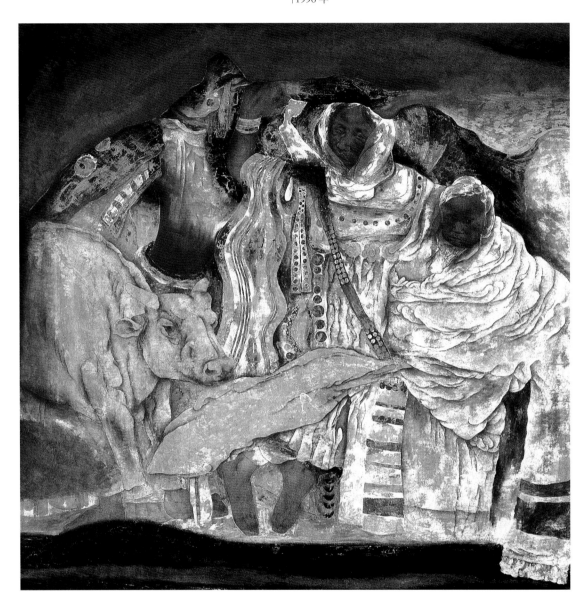

唐勇力 | **西部老人印象记**
纸本
100 × 180 厘米
2003 年

冯 远 1952年生 文化部艺术司司长

　　冯远在"文革"后第一届美术学院的研究生中间，算是年龄很小的一个，但是"后生可畏"，他确是"后来居上"，第六届、七届、八届全国美展，他接连获得了金银闪闪的一系列奖项。作为一个在20世纪后期开始发力的人物画家，师从方增先先生的师承关系，对于冯远当然是幸运的。但是他作品中的大历史意识、深刻的哲理、崇高的神性，却是属于他的禀性的。即使是他的那些描绘古代文人、仕女的尺寸不那么大的作品，也绝没有津津乐道于小情小趣的笔墨游戏痕迹，而是蕴藉着严肃深沉的文化关怀和历史反思。他的用笔，如风樯阵马，淋漓痛快。他的墨法与赋色，如黑云压城，又似天边奇景，有摄人的力量。显然，冯远是一位有强烈社会责任感的、意志坚毅的艺术家。

陈绶祥

　　坦率地说，艺术甚至根本就没有办法表现所谓自然对象的"内在本质"，最后状态下的创造也只是某种艺术家性灵的显现。虽然从古典主义摹仿自然现象的绘画到现代各种艺术思潮，都标榜其以"内在本质"作为理论上的阐释，并以此批评他人的艺术如何停留在对自然现象的描摹层面上。由于这个词汇的使用过滥，因此只要留心阅读一下艺术史，就可以发现其实任何人都没有能够注释清楚什么才是自然物象的"内在本质"；"内在本质"是从由什么方式在艺术图式中被揭示出来。倒是大量的对本质的认识、判断尚处于含混不清的情况下，就自以为创造和发现了某些自然物象的"内在本质"，并且以讹传讹，这是一种误导。

冯　远

冯 远 | 诗经画意
纸本
67 × 68 厘米
2001 年

冯 远 高原风
纸本
68 × 67 厘米
2002 年

华其敏 1953 年生 中央美术学院中国画系教授

　　近年来，我们常常强调传统，除了一种精神提倡外，还有实践上的一些规范。几千年文明，培养出我们的审美趣味，提炼出我们的绘画程式，世代相传。不过，要真正学好传统技法，是需要下一番功夫的。大概现在有些人缺乏这个耐心了，所以才会引来那么多的警醒。看华其敏的作品，感觉他是有这份耐心的。他的画，人间烟火很浓郁。纯朴、自然，注重情景的刻画，犹如一幅幅风俗画。他画古人，有古意。用笔用线，细腻精致，不厌其烦。背景描摹，层次丰富。尤其古松，一针一叶认真雕琢。此外，注重生活又是一个特点。现在，"深入生活"也很少有人提了。当然，因种种条件的制约，不能完全像以前那样实行了。但这个道理还是一样的。做个有心人，对自己身边的事物多点体会，多点发现，保存住那份新鲜，那份激动，对创作甚有裨益的。不然的话，怎么会有杨柳溪边的妇女，有大红大黑的藏民帐篷呢？

陈　醉

　　长期以来，在对中国画的看法上，有个错觉，以为它是个许许多多的重复组合的学究气十足的把戏，和生活实际相去甚远。这种错觉的后果是，把中国画推向越来越"形式化"和越来越"专门化"的深渊中去。产生这种弊端的原因，还得从中国画本身去找，我们知道，中国画是在高度文明下产生的，是社会文化大树上的成果。人们接触它，必须要有一定的文化素养，必须从前人所创造的艺术符号起步。

　　久而久之，有人买椟还珠逐渐对"符号"本身发生了兴趣而不屑顾及符号所传递的"信息"。作为个人兴趣也许无伤大雅，但是作为审美原则，就危险极大，势必制造出许多毫无生气的僵死的作品，曾几何时，这种现象又被误认为传统而成了魔幛。

华其敏

华其敏｜流水无恙
纸本
68 × 136 厘米
1999 年

华其敏│**落日流星**
纸本
68 × 136 厘米
1999 年

苗再新 1953年生 中国人民武装警察部队总部创作室专职画家、一级美术师

西方绘画史上，十九世纪的浪漫派画家常用一种夸张和"罗曼式"的语言，来表现异国他乡的新奇风情。然而，在苗再新先生笔下的异域少数民族人物，却呈现着一种朴实无华的自然生命状态。没有猎奇，没有造作、矫饰，没有落后贫困下的漠然，相反却透露着开朗与笑意的真实。这，正是画家对于"自然"的真情表露和艺术理想的执着追求。

显然，苗先生的艺术深受中西融合观念的熏陶，既有坚实的人物写实基础，又不乏传统写意中国画的笔墨功夫。两者精到的结合，凝炼出具有时代气息的现代写意人物。浑然天成，质朴无华。　　　　　　　　　李中华

艺术格调的最高境界是什么呢？我以为可概括为两个字：自然。

何为自然？这里所说的自然，不是自然主义的自然，也不是随心所欲的自然，而是"清水出芙蓉，天然去雕饰"的自然，是"天下莫能与之争美"的自然，是"至美素朴，物莫能饰也"的自然，是"浑然天成"的自然。

作为画家，如不注意这个问题，便有沦为画匠之虞。历代大家之所以成为大家，是因了他们体现于作品中的"闳其中而肆其外"的大气，而这种大气的形成，得益于"独任天机摧格律"的自然。

自然可得真气，自然可致大气，自然可达化境。故我曰：自然为止。　　　　　　　　　苗再新

苗再新 | **午后阳光**
纸本
90 × 90 厘米
2002 年

张明超　1954年生　福建师范大学美术学院副院长、教授

明超的画向以写意见长。生辣的笔，恣意运行，机锋四出，有一种苦涩的味。不料，几年未见，又以细细的线，游移在画面，不守形规，却合韵味。笔墨的意趣，依然超乎形神之上，而线、形、墨、色、团块与形体，在画面上的构合配置，可谓匠心独运。若认真考究，便会发现"形式"的美感。

不经意的笔墨与下意识的画面控制能力，很能透露出作者的手头功夫，尤其是造型基础。作者的灵性随着笔墨运行而淡淡地弥漫，以"巧思"、"巧变"收到恰到好处的效果。因为构成的"形式"，也因为染墨染色的铺述，画面很平静也很平面却绝不平庸。"平面"与"构成"都属于一种现代意识，而不平庸的精致品位与人文气息，却传递出深深的古典情怀。

　　　郑　工

由于中国传统绘画受到这种"气一元论"的艺术价值观念的影响，线条和墨染内在逻辑无严格的规定性，艺术时空在流变中达到一种开放的境界。染可以突破线，线可以贯穿染，在这个笔与墨交融的世界中，并不与完全符合视觉规律的印象世界相对应，如果用视觉的尺度来衡量，这些绘画作品都只能算"变形"的，而在中国传统绘画艺术看来，突破具体物象的可视性，似乎是一种非常自然的绘画审美方式。

　　　张明超

张明超 第二画室
纸本
95 × 180 厘米
1998 年

张明超│鉴画图
纸本
66 × 91 厘米
1999 年

张明超 画缘
纸本
95 × 180 厘米
2002 年

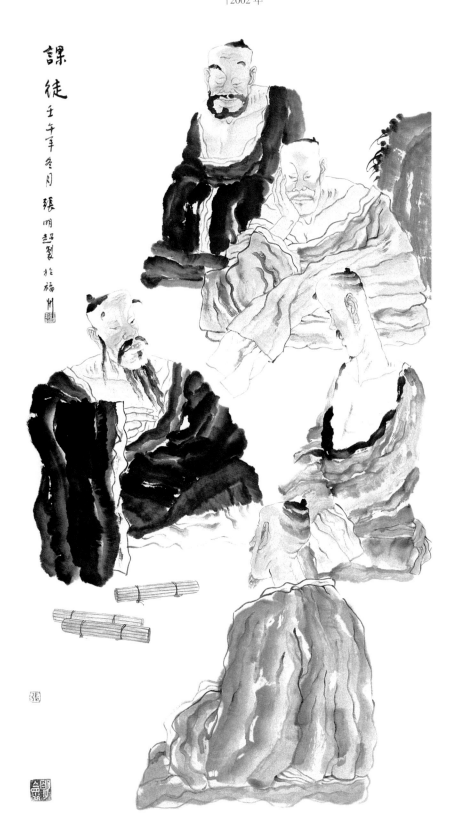

张明超 | 夫妻相
纸本
68 × 136 厘米
2002 年

夫妻相 壬午冬 明超製之

张明超 | 妯娌和
纸本
68 × 136 厘米
2002 年

郑军里 1957 年生 广西艺术学院美术系教授

对于自己的作品，郑军里有时名曰"意象画"，有时称为"彩墨画"。其实，它们都可以划归中国画"写意人物"的范畴。

不过，从作者一再寻找更贴切的名称这一点，倒也说明他不想蹈袭故常的苦心。确实，郑军里并没有恪守原有的写意程式，他的人物画包含了许多自创新猷的成分。比方，一般人物画所看重的情节、情趣在他那里变成了次要的，他的立足点已经转换到了情调上面。而所谓情调，又更着意于历史的氛围和诗意的内核。于是，他之偏爱历史故事及古典诗赋题材，便既合情也很在理。

他的另一个重要特色在于造型手法上面。大面积的水墨随机渗化，却能与造型的需求整合为一体。枯笔细线出现得不多，但多起着醒气提神以至画龙点睛的功用。肌理效果的因势利导运用，对他也成了一种重要的辅助手段。总体而言，他的画风是简约、明快和酣畅的，有着近乎唐诗的韵致。

梁 江

中国画的工具及其材料决定了它不能与油画写实的具象艺术抗争，国画的肌理效果也达不到西画抽象艺术中那么强烈的效果，惟独可选择的是具象与抽象之间的艺术了，那就是意象艺术。只有在这个前提下，中国画才有广阔的前景，才有发展的余地。

东方的意象艺术体系既不同于西方的具象艺术体系，又区别于抽象艺术体系，它没有再现物象的种种自然属性而是将物象与宏观宇宙相沟通，与看不见但可以感觉得到的生命律动相融合，以极大的灵活性表现人的神情意趣。王羲之在《兰亭集序》中有句名言："仰观宇宙之大，俯察品类之盛，所以游目骋怀，足以极视听之娱，信可乐也"。也道出了这种宏观观照方式。

郑军里

郑军里 | 日出之前
纸本
136 × 66 厘米
2002 年

郑军里｜打谷场上
纸本
136 × 66 厘米
2002 年

郑军里 | **大漠远征图**
纸本
136 × 68 厘米
2002 年

郑军里｜永恒
纸本
136 × 68 厘米
2002 年

郑军里｜晚归
纸本
136 × 68 厘米
2002 年

郑军里 | 牧归
纸本
178 × 98 厘米
2002 年

任惠中 1958年生 解放军艺术学院美术系副教授

　　"鲜明的时代气息"是任惠中绘画艺术的一个重要特点。从他的艺术追求上可以看出，借外物之形，以寄存自我的，或说时代的思想与感情的，古谓心声心影是也。外物之形，就是大自然中一切事物的形体，艺术合情合理不借这些形体以为寄存情感之具，则人类的思想将不能借造型艺术以表现。任惠中想的是在藏区的那种体验、那种冥想，去捕捉那难以直接感受到的生命意识。他对生命的奥秘发出诘问，又作出诠释，我们从他的画中细细品味，真诚感受，体会作者那种对率真的殷切渴望。自由驾驭的"笔墨功夫"使他能够自如地去表达他之所思、他之所求，人物造型的拙朴、厚重、深沉，表达出高原的生命"苦涩与艰辛"。他不再是时尚风情的"复制者"，而是顽强去进行生命探索的"发掘者"。

　　　　　　　　　　　　　　　　　　　　　　　　　　　　　　　　　　　卜登科

　　我不是那种怀着一种崇高的使命感入藏区的。我只是想在这广阔的心灵世界中去捕捉那难以直接感受到的生命意识，在最初几次和藏胞的接触中，和他们一块体验，一块感觉，去冥想。渴望得到满足，追求达到率真，对生命的奥秘发出诘问，又做出诠释。在那神秘的氛围中，体会那片高原上生命的状态和深刻的生命意识，简单的"一挥而就"难以表达我对藏民族及其高原的深沉的苦涩感和拙朴的厚重感。

　　拒绝轻灵的诱惑，走向拙朴，为的是更好地表达体认生命的顽强和艰辛，为的是表现人的巨大力量与意志。换一个角度来看，如果仅仅认为画家所画的雪山、圣湖、高原的藏胞、牧场是风情的表现，那就是一种误读。因为在绮丽、媚俗的时尚中，对严肃执著的艺术探索的理解事实上已存在障碍与隔膜，但是，画家坚持认为拙朴的犷悍是一种无法取代的大"美"。没有也不可能将一地所得或一己之见推广为放之四海而皆准的通则。所能做的只是呈现生活本身的纷繁复杂与丰富多样，展示那片热土上最平常也是最倔强生命的意义。

　　　　　　　　　　　　　　　　　　　　　　　　　　　　　　　　　　　任惠中

任惠中 | 远行
纸本
93 × 95 厘米
1999 年

任惠中 | 水墨人物
纸本
97 × 180 厘米
2002 年

陈钰铭　1958年生　《解放军画报》社主任编辑

　　陈钰铭的国画人物，是西画的素描滋养着他，但他还是眷恋宣纸与水墨，在宣纸上处理黑、白、灰的色块分布。钰铭的黑，在画面上用得很彻底，他是一块又一块地切割着画面。不似他人点到为止，以线为主。钰铭的线，主要在灰色块里做文章，显露造型，把玩笔致和墨韵。他是一位以造型力度胜出的画家，画面硬朗，视觉效果强烈。不叙事，不象征，没有什么情绪。

　　是否画面都应有情绪或象征，才能获得某种意蕴和内涵？单纯的形式处理，弱化了人物表情，却将一种厚重而质朴的造型语言展露出来。陈钰铭的创作意向更多地停留在视觉经验层面上，以速度、力量、光感、质感重新解读水墨。

郑　工

　　我认为现代人物画的表现与人的生存环境是分不开的。一方水土养一方人，城市环境与农村有很大差别，南方和北方也有很大不同。我们在写生中经常是受到环境的感染而产生激情。象云南热带气候与傣族少女，西藏高原与朝拜的藏民、黄河沿岸的黄土高原与陕北汉子。每一个地方的人与自己的生存环境都是极为和谐的。所以，天地人的相融乃是绘画要解决的主要问题。这其实就是中国哲学的"天人合一"。事实上，人物画的境界，仍是以"天人合一"为终极目标的。

陈钰铭

陈钰铭|月挂城东
纸本
130 × 130 厘米
2002 年

陈钰铭｜记忆·碎片
纸本
312 × 124 厘米
2002 年

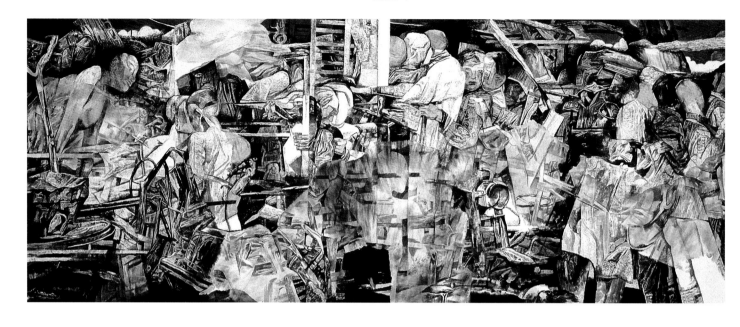

陈钰铭｜**五哥与兰花花**
纸本
90 × 180 厘米
2002 年

陈钰铭│老树
纸本
63 × 120 厘米
2002 年

任继民　1959 年生　职业画家

　　任继民所画的人物性格上趋于静穆而单纯，即便在节日庆典和日常喜悦中的人物亦是如此。这一点，他和前辈画家拉开了很大的距离。董希文画藏民，是把他们当作一个新生的民族来加以理解的，因而，画面充满了流畅的笔触和明亮的光感；史国良的藏民虽虔诚于信仰，同时也眷恋世俗的幸福，因而是喜悦的、活泼的、日常的。和他们相比，任继民的藏民只能说是超越性的——在理想境界、信仰层面上理解生命本原的民族。

　　任继民自己写的一句话用来估价他笔下的人物，最为妥贴、准确：

磕长首的藏民

肉体伏地

灵魂及天

　　在这里，我们找到了冷峻苍凉境界的精神依据，即它是拒绝世俗意识和欲望的一种艺术方式，也是存护信仰和生命纯正性的一种价值态度。

　　近几年，任继民力图以深厚的墨色，凝重的线条，古拙的结构来塑造雕塑般的人物造型。无论造型、笔墨，还是画面效果，任继民都有意和文人意趣相左，文人画所不屑的东西如朴野、凝重、厚滞、生涩等，都被他小心翼翼地整合为自己的语言品质。与此同时，任继民有意去掉早期写实主义的一些要素，加入表现主义、象征主义的成分，并吸收中国古代院体的一些画法，加以揉合，反复实验，渐次形成了自己的语言风格。

张晓凌

　　大自然中所蕴含的哲理，高于人类的智慧，认识自然，感悟自然，才能顺其自然，它会赐予你胜过人类思想、智慧的营养，它是艺术的最高殿堂，最好的生命课堂。

　　生命的悲哀在于不可选择，无奈的承受苦难和虚伪，对于苦难生命的同情与怜悯，引导我的审美、我的笔墨，去酿造形象，轻轻的，真诚的抚摸我笔下的"生命"。

　　我喜欢在拙朴中去寻求，发现没有修饰的优雅，在沧桑、苦涩中挖掘安然与恬静。

任继民

任继民 融
纸本
68 × 136 厘米
1996 年

任继民 | 春天不远
纸本
180 × 97 厘米
2003 年

袁　武　1959年生　解放军艺术学院美术系副主任、副教授

　　是20世纪90年代以后作为主力军崛起的优秀青年人物画家，他在考入中央美术学院中国画系读研究生之前，已经在全国美展等各类大展上获得过不少奖项，为画坛所注意。近年来，他的艺术风格愈加趋于成熟和老道，有了突出的个人面目，在当今中国画领域中，成为了有代表性的人物画一家。袁武的水墨写意人物画，显然与"新浙派"的水墨写意人物画有很大的区别。他的近乎顽固的"如锥画沙"的中锋用笔，朴质深涩的笔性，笔线的聚散对于造型性格的刻画，以及对于画面"形"、"势"造就的内在张力，是他的"骨法"，水与墨只是他的渲染语汇。袁武的人物形象是沧桑的、有历史感的，对于世态炎凉的体验要远胜于风花雪月的幽情。他是一位有性格的、深刻的艺术家。

陈绶祥

　　你是在画画，不是个工艺匠人。你的画成立就行了，你管他长什么样子。

　　水墨写生时，色彩往往受到了限制，因为太讲究笔墨的表现会阻碍颜色的运用，其实在现在人物水墨写生中，应该增加色彩的比重。模特的着装服饰是很重要的成份，关键是怎样设色。在画色的过程中，不仅要"随类赋色"，也要"骨法用色"。颜色不可平涂，要像用墨那样"见笔"。

袁　武

袁　武 | 人物写生
纸本
68 × 136 厘米
2000 年

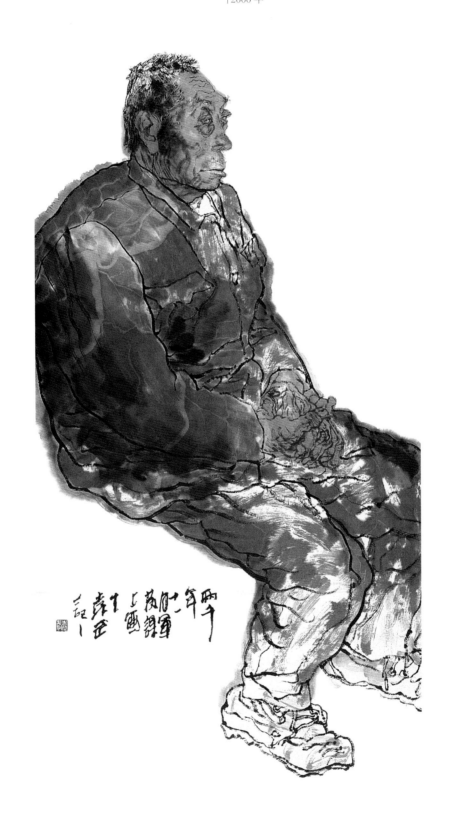

袁 武 | 女青年
纸本
68 × 136 厘米
2000 年

袁 武 | 秋水无声
纸本
179 × 96 厘米
2002 年

秋水无声 袁武写于北京 壬午年冬

袁　武 ｜ **老子出关图**
纸本
116 × 246 厘米
2003 年

纪连彬 1960年生 黑龙江画院副院长、一级美术师

　　为什么一朵祥云一直缭绕在纪连彬的头顶？那云，是一束灵界的光。黄白相间，纠缠着所有纪连彬的人物。纯蓝色的背景，静穆的身影，虔诚的手势，伴随着四周冉冉云朵，不仅让神光降临，让灵魂远去，而且在宗教般的情绪里，让艺术不知所以。纪连彬称自己的绘画为"心象的幻化"。

　　画藏民的人很多，给人留下深刻印象的却很少。藏民的粗犷强悍，藏区的神秘异样，总牵引着人们对生命的另一种想象，特别是人与自然界关系，在藏区因特殊的自然环境，生命既顽强又脆弱，人无法与自然力抗争，生命随时被吞噬。一场雪崩，一次风暴，生命在草原上行走，得不到任何庇护，人只能转身寻找超自然力的幻象，在孤寂的空间中得到精神的安慰。

郑　工

　　幻化是心灵的自由，幻化的现实与现实的幻化是我内心的感知，想象与意象的综合，是心灵的造境过程，是情感和生命意蕴的表述，是对现实的变化、异化，是量对质的转换。它是产生多变性、多视角冲破空间与物象的局限而达到的一种自由方式，是一种语言、媒体、样式，是理念与非理性的双重置用。它是一种自我表达，自然的声音与我的心灵的回声共振，激发新的创造性的想象。它是空间与空间的对抗分离，是物象从局限到心象的无限升华，是心象色彩、多维空间"易貌分形"的变化组合。

　　幻化的自然正是我心象的幻化的一部分，幻化是对新生命形象意蕴的阐释，它引导我们发现未知。

　　水墨画只是媒介而非规范的艺术，水墨的语言是充满悟性与灵性的。水墨的精神即是人格的精神。

纪连彬

纪连彬 | 春之幻象
纸本
146 × 270 厘米
2001 年

纪连彬 | 雪域之家
纸本
180 × 97 厘米
2002 年

陈 子 1960年生 福建省画院专职画家、二级美术师

花语无语。

豆蔻年华，一袭花裳，一双微眯着的眼，微醉的眼神，一张微启的唇。

低头闻香，侧身含羞，吹拂花絮，回首往事，将幽幽的闺怨注入花语，将斑斓的梦想随风送去，一切都被暖暖的色调笼罩着。女性的细腻，女人的温情，在春的季节有花的时候，或冬的季节无花的时刻，一样构筑自己的精神花园。

女性的题材由女性表达，敞开的是男性无法体会无法言说的艺术世界。艺术是内心的独语，对物象事理的心灵感受还是有性别的差异。陈子的发言，将女人的万般柔情，化为细细的陈述，如花雨一般，滋润他人的心田。

郑　工

当我进入沉默状态，感觉孤独时，能在凝神专注中虚化出精神花园属于自己的月影花姿；能在静坐出神里幻听到幽远神秘的涛声；能神游月华银辉里的故园。孤独的感觉常与忧郁、寂寞相伴，却以独立自主的形式出现，因此能最大限度的任自我释放，让自己充实。听内心的声音，感受情绪的色彩，恢复自我的形状。所以，它是一切创作活动的基础。

热情洋溢的同时，总有淡淡的忧郁感伤掠过心头；激情、颓废；热烈、静默；鲜活、腐朽；凸显、浸隐；张扬、内敛……，那些关于矛盾的字眼，渗透在情绪的感觉中，带着热望奔着那个宿命，随岁月的隐没，在你如同修行般严格而艰辛的操持下，与人性和语言相关的个人经验感悟，在纸上悄悄留下觅的残迹。

陈　子

陈　子│花语之二
纸本
68 × 136 厘米
2002 年

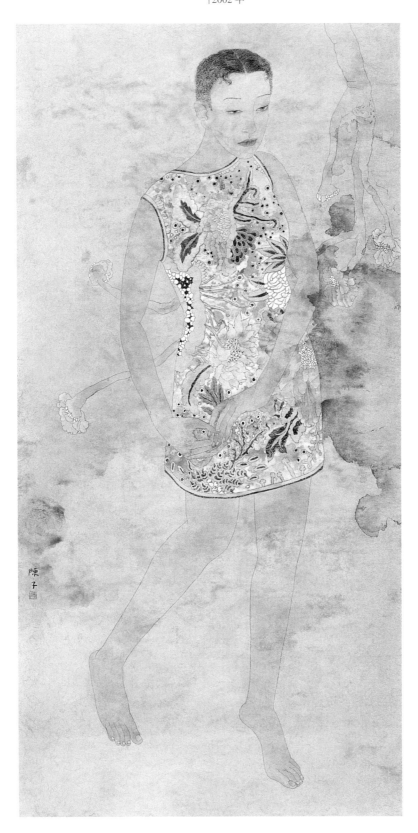

陈　子 花语之七
纸本
68 × 136厘米
2003 年

陈　子 | **花语之九**
纸本
68 × 136 厘米
2003 年

陈　子｜花语之十
纸本
68 × 136 厘米
2003 年

刘庆和 1961年生 中央美术学院中国画系副教授

刘庆和的人物画反映出他的创造心理活动。他的笔势，曲曲直直，简括而草率的形体，朴拙而心宕的情意，笔势烂漫，自然流露，充满着诗情墨意。

他的人物，精神内敛而外露宁静，构成他自己的情态。他刻意去亲近生活，"真诚"地去表达那种他心仪的"朴素"、"率真"，完整而深刻地突出他的追求，显现出"求索"、"思考"的动人哲理情态。作一个紧随时代肩负"社会责任"，具备"人文关怀"的艺术家。那朴拙之中流露着巧妙，它奇特的生动性、倔强性、表现性及内涵的"隐隐不安"，给我们的总是思考。

卜登科

"线"最具生命力、最能贴近创造与接受心理。他把创造者的心理活动不加任何掩饰地流于笔端，裸露在观众面前。随着科技成果给人们带来的各种周到服务，人们设计了各种日趋繁琐的设置和工具包围着自己，在享受方便的同时也带来了复杂的烦恼。艺术也是从原始成长到今天的复杂和所谓成熟。人们在呼唤回归自然的时候，应该发觉最朴素的就在自己身边，这里有古人无法归纳到的经验总结，我们没有理由丢掉生活的亲近，而为某种惯性和时尚助力。　绘画的大同，绘画界限的模糊，淹没了"丁头鼠尾"之类的高难技巧。艺术的涵义迫使着我们的艺术行为应围绕着创造这一主题，而不是依附着传统的惯性寻找满足。线描正是由于它的朴素、率真，才步步从传统走来，又能自然地步入今天的现代。在线描上凝结了传统的精华和现代的文明，线描可以说是我们解读昨天、告诉今天最简洁的艺术方式。

刘庆和

刘庆和｜初学
纸本
180 × 235 厘米
2002 年

刘庆和｜湖光（一）
纸本
97 × 194 厘米
2003 年

刘庆和｜湖光（二）
纸本
97 × 194 厘米
2003 年

刘庆和 | 湖光（三）
纸本
97 × 194 厘米
2003 年

张江舟　1961 年生　中国画研究院专职画家

　　江舟江舟，是一叶扁舟乐悠悠？还是烟波江上使人愁？

　　传统水墨如何揭示当代生活的奥秘？一直面临语言转换的难题。江舟逆水而上，拿出冲浪抢滩的勇气。

　　经历了"革青"、"知青"、"文青"，如今又见"憔青"：美容难掩身心的憔悴，闲散难遮慵懒的无聊。江舟犀利的画笔探入生活一角，描绘社会转型期"憔青"的烦恼：为什么机会越多选择越少？想法越多行动越少？朋友越多友情越少？同居越多爱情越少？食品越多食欲越少？消费越高快乐越少？……

　　作画虽非政论，也能入木三分。线条跳荡着恬适中的不安，块面裹挟着焦虑中的叩问。江舟铁笔担重任，呼唤充实健美的青春！

翟　墨

　　有关中国画的话题，从来没有像今天这样变得如此沉重。代表纯厚东方文化，有着自身独特传统，且已形成严格的语言范式和话语体系的中国画，置身当代文化语境是否仍能沉湎于自身独特的承传方式，是否仍能满足于渐进式的前趋理想。那种依附独特传统，以为中国画是自难自足的，无须渗入异类基因即可实现自身发展进程的理想是否染有某种虚幻的色彩。那种宁愿无视当代文化的多重选择，以牺牲古老话语与当下文化交互促动的可能，也要保持中国画的纯洁操守。

张江舟

张江舟 | **女人河之二**
纸本
130 × 190 厘米
2001 年

张江舟│**女人河之五**
纸本
260×130厘米
2003年

张江舟 | 风之二
纸本
68×130厘米
2003年

张江舟 | 风之三
纸本
68 × 130 厘米
2003 年

李　翔　1962年生 中国美术家协会理事

中国绘画史上，随着文人画的兴起，人物画在中国可以说是日渐衰落。长期的封建伦理道德的教化，人体是绝对不可能成为中国画的"正常"题材，这是历史事实。西风东渐，在"中西融合"和"西化派"中，人体作为题材在中国画的创作中有了相当的发展。然而，受着"中国画"强调笔墨与意境的观念影响，人体画创作难以脱"俗"。

李翔的人体写生系列，如果站在传统中国画的立场上，是根本无法"入画"的。但是，如果站在"现代艺术"的立场上，强调创造性，强调不落俗套的观念，那么，其作品不正是继承了现代艺术的核心？不正是突破传统中国画之审美标准的"创新"实践？李翔笔下的人体，没有追求华丽的外表和媚俗，也没有为了传统的观念附加其他环境的铺陈，有的就是画家"独立观念"的相互陈述。　　　　　　　　　　　　　　　　李中华

当代中国画家中能有自己的独特观点的人少，能有自己独立观念指导下的形式语言就更少。我所说的这个"独立观念"应该是先进的具体的，区别于以往站在思想、文化前沿的思想体系，在这样的观念指导下的作品才有新意和价值。这个新意应是艺术质量到位的新意。高质量的产品才有高价值，粗制滥造只是初级阶段，上升不到"创造"的境界。

单从技法上找原因，画面变化不大，观念改变了，才能使画面发生根本的改观。美国电影《蜘蛛侠》主角在被蜘蛛咬之前是人，被咬之后就改变了他，变成了非人非蜘蛛的"超人"。一切都要被蜘蛛的基因所支配，都要服从于蜘蛛的特征。我想，画面的变化也同样受观念（基因）所左右，有什么样的观点，才能演变出什么样的绘画（或其它形式）。观念同理想和信仰很接近，观念有时又很具体。　　　　　　　　　　　　　　李　翔

李 翔 | 坐着的女人体（2）
纸本
68 × 136 厘米
2002 年

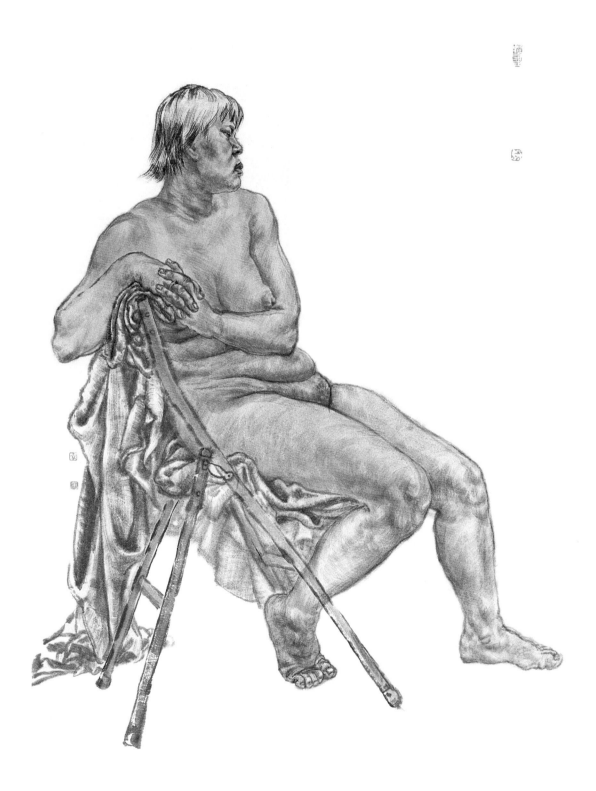

李　翔 | 站立的女人体
纸本
68 × 136 厘米
2002 年

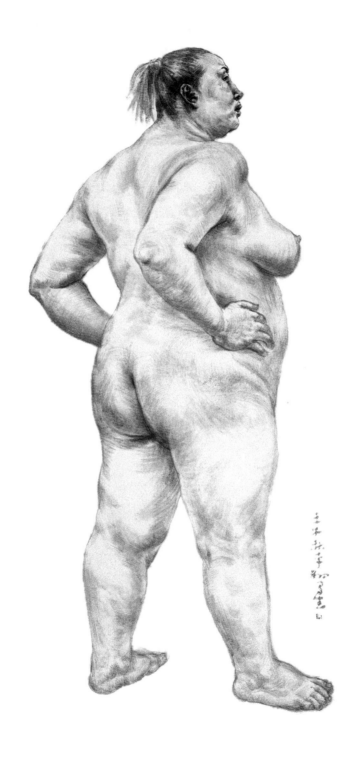

李 翔 | 人物写生（背部）
纸本
68 × 136 厘米
2002 年

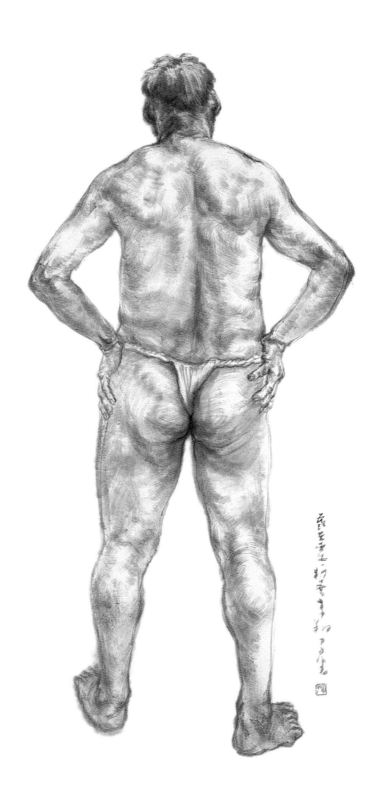

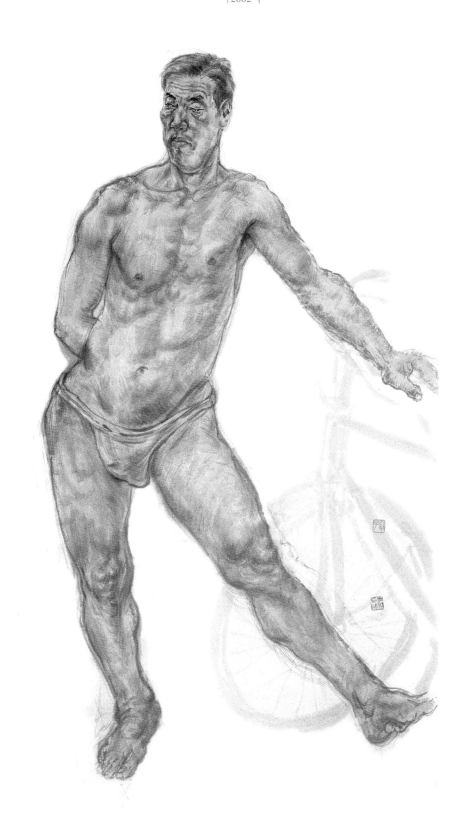

李　翔｜男双人体
纸本
96 × 197 厘米
2002 年

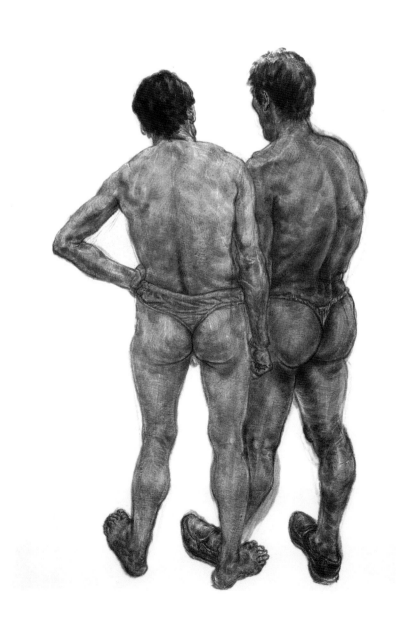

李 翔 | **女双人体**
纸本
96 × 197 厘米
2002 年

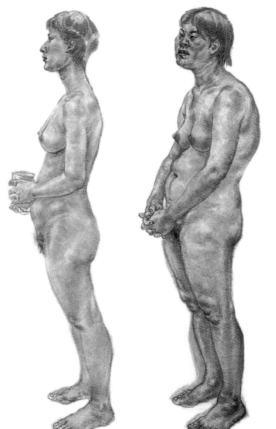

于文江　1963年生　中国画研究院专职画家

　　"清水出芙蓉，天然去雕饰"。雅丽、清淡、弥漫一丝淡淡感伤之意境，是于文江的"现代仕女"传达出的典型的审美特征。其笔下的女性，面容姣好，体态优美，身着古典服装，或坐或卧于芙蕖幽草、林木花树间，沉醉在心灵的游戈之中。似乎不食人间烟火，如梦如幻，正是画家的审美理想之吐露。

　　明洁的笔彩，精巧的铺陈，美而不腻，艳而不俗，充分展现了作者坚实的学院派造型基础和一种"静美"的理想追求和人生感悟。在喧闹浮躁的工作之余，沏一壶清茶，面对于文江的艺术，能否充分享受到与画中人一样的静谧与温馨！

李中华

　　造型艺术说到底是视觉艺术，是人的视觉审美经验的集中体现。任何现代文化的题材都只有依附于现代的视觉语言才可能产生效力。一定程度的审美、愉悦总是与大师的作品联系在一起、人们欣赏绘画作品、期待这些作品能提供这样的愉悦：带给人启示、狂喜、震动、提升和心灵的安抚。

　　艺术本身自己有一条可以遵循的发展规律，有它自己的品评、审美规则。每个民族都有自己的特殊风格和艺术特色存在。每个执画笔者都有自己的人生感悟、审美趋向和学识修养。都渴望自己富有独创性，借助一种绘画语言，表达自己的观念、理想和追求。在这里最重要的是绘画语言本身，是画家、自身、审美意识的自然流露。

于文江

于文江 | **暮看逐晚风**
纸本
120 × 68 厘米
2000 年

于文江｜一钩新月天如水
纸本
90 × 180 厘米
2002 年

王颖生　1963年生　中央美术学院壁画系副教授

　　20世纪60年代出生的画家，曾被人称之为"新生代"。其思想观念与审美情趣以至创作理念，与50年代以前的画家隔了一层。他们轻松逍遥，很自我，有时批判有时反讽有时调侃有时揶揄。相对于此，王颖生却多见严肃和严谨，而且还有一份深沉。

　　毕竟是学院出身，西画的造型基础训练使王颖生在绢本或纸本上使用笔墨，依然顺从既定的视觉定势，在平和与漠然中，聆听光影流程中的时间声音，接触空气流通中的物象变换，在人物深邃的目光中，进入历史。《踱步》是现实的，却很遥远；《大学》是历史的，却很亲近。在某种时空相错的境遇中，王颖生在诉说着。

郑　工

　　每画之前，必先净衣沐手，常有数日不动一笔，端坐如魂出窍。

王颖生

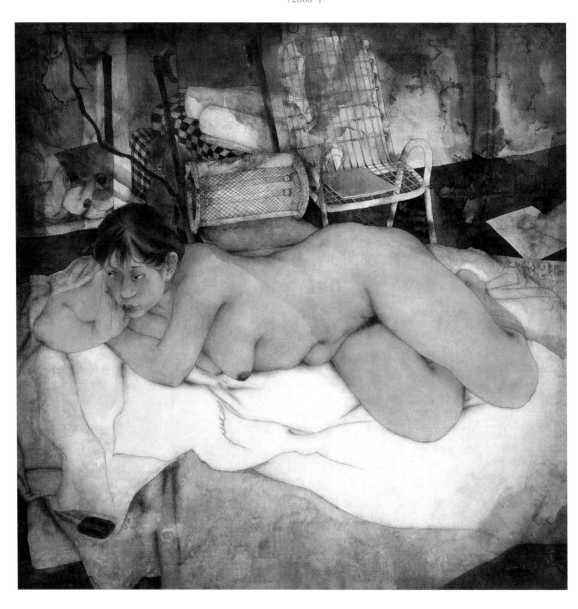

王颖生｜大学之一
纸本
96 × 178 厘米
2002 年

马寅初先生像

王颖生 | 大学之三
纸本
96 × 178 厘米
2002 年

后 记

去年秋叶刚刚飘落，我们就开始筹备这个提名展，如今，三月的北京已经春暖花开了，我们的工作也有了一个阶段性的成果，即现在交付给大家的这本集子。

这是一本展览会的画册，但又不完全局限在参展作品的数额内。名曰"作品文献集"，我们着意于集中展示画家在某一创作领域中的成就，也选编每位画家几则画论随笔，对应批评家的话语。在作品的分类上，取"人物"、"山水"和"花鸟"这种传统的也很中性的标签，既躲避画家个人的价值取向，也不落入某种先验的理论框架。而且，以画家出生的年份作为排序的标准，使呈现在画册中的作品，自然获得一种历史文献的序列。年长者，生于1934年；年轻者，生于1968年。出生于不同年代的人，受过不同的教育，有着不同的知识背景，表现出不同的创作理念。尽管这些作品都是近几年的，但年龄的差异，就成为读解画家风格的一个重要历史注脚。

同时，我们只在意画家现在的职业身分，诸如美术学院的教授、画院的专职画家等等，将画家其他的学术经历一概取消，并不仅仅因为这些画家的知名度都很高，无需一再重复介绍，更在于让读者直接进入作品，进入纯文本的阅读，排除所谓的"背景知识"，即学历、参展、获奖等等所造成的文本格式，不提供任何价值参照，让十分有个性的画家也获得十分个性化的阅读方式。职业身分当然也是一种背景，说明画家当下的生活状态，而这恰恰成为这次提名展的动机——我们力图通过这次展览，审视当下中国画和中国画家的既成状态，包括生活状态和精神状态。这次提名参展的画家，绝大多数都是学院的教授或画院、研究院的专职画家，属于最专业化的由纳税人供养着的社会阶层，其优越的生活状态却不能用同样"优越"的词形容其所拥有的精神状态。精神特质因人而异，自由的含义每每不等，而学术品格的高下更不能与生活状态的好坏成正比。不过，在平和的日子里，在稳定的政治中，透过这个社会的中上层阶级，却能贴近中国画学界目前真实的存在，读解作品中的现实文化内涵。

在眼下价值多元的艺术世界里，我们并不期待统一的评判标准；但在一个学术系统中，我们却期待着一种共同性的文化建设，期待着高层面的精神产品。

十分感谢参展画家的密切配合，十分感谢中国艺术研究院党委书记兼常务副院长王文章先生的大力支持！十分感谢文化艺术出版社总编辑丁亚平先生、副社长姜民彦先生以及责任编辑范贻光先生，他们热忱、敬业与负责的精神，时时激励着我们。

十分感谢实业家黄颖先生的倾心资助，感谢深圳市佳信达印务有限公司对本画册出版的大力协助。

感谢所有关心和帮助过我们的朋友们，祝福他们，也祝福我们共同的事业。

中国艺术研究院美术研究所 　 2003 年 3 月

图书在版编目（CIP）数据

中国艺术研究院美术研究所2003年中国画家提名展作
品文献集 / 龙瑞主编. —北京：文化艺术出版社，
2003.4
ISBN 7-5039-2346-6

I.中… II.龙… III…中国画—作品集—中国—
现代 IV.J222.7

中国版本图书馆 CIP 数据核字（2003）第028074号

中国艺术研究院美术研究所2003年中国画家提名展作品文献集

主　编：龙　瑞
执行主编：郑　工
责任编辑：汝峰水
装帧设计：张　羽

出　版：文化艺术出版社
地　址：北京市朝阳区惠新北里甲一号
邮　编：100029
印　刷：深圳市佳信达印务有限公司
开　本：889×1194mm 1/16
印　张：35
版　次：2003年4月第一版
印　次：2003年4月第1次印刷
印　数：1-1200册
书　号：ISBN 7-5039-2346-6/J·662
定　价：380.00元（全三册）